CLARO OSCURO DE UNA VIDA.

CAPITULO I

CASTRANDO ABEJAS.

Había amanecido y Chente, un hombre de 29 años, amolaba su machete en una piedra grande de rio que tenía ya desde hace varios años. Hoy había decidido ir a castrar abejas y por eso se había levantado más temprano que nunca, para acomodar todo el equipo que utilizaba para tal faena, era un equipo básico, envejecido y ruyido de tanto uso, que le había regalado su papa, cuando él estaba adolescente.

Miro hacia el potrero detrás de su casa y vio que su hijo Jesús jugaba con una cometa, pensó – Me voy a llevar a Jesús para que aprenda, ya a mí a esa edad mi papa me llevaba a trabajar.

Jesús, el hijo mayor de chente, era un niño que ya entraba en la adolescencia, de unos 12 años de edad, delgado, de mirada triste, gran imaginación y que le gustaba cantar, todos los días se le escuchaba tararear una canción llanera mientras recorría el patio de su casa.

- Jesús, Jesús, vamos a buscar miel!, le grito el padre al niño.

Jesús corrió a donde estaba su papa,

- Me vas a llevar contigo paito? Respondió.

- Si hijo vente conmigo, vamos a castrar abejas, tráete los tobos y el machete.

Jesús corrió a buscar lo que su papa había pedido y luego emprendieron juntos la caminata, atravesando el potrero hasta llegar a la montaña y ahí empezar adentrarse en busca de las abejas. Habían recorrido una hora de caminata, cuando Chente le dijo a su hijo:

- No hagas ruido, ahí están las abejas, el panal es grande esta junto a la mata de mango, prende la candela Jesús!.

El niño se movió con sumo cuidado, recogiendo ramas y hojas para prender la fogata.

- Pa, ya está lista la candela.

- Prende la antorcha y lleva el humo para allá atrás, con cuidado Jesús, no hagas ruido que son de las bravas y pican duro.

- Si Pa!, dijo Jesús. El niño obedeciendo a su papa con mucha destreza y silencio rodeo el panal y le salió por detrás y con la humareda de la antorcha se fue acercando muy despacio hasta el gran panal; Las abejas inquietas por la presencia del niño, empezaron alborotarse, su zumbido se escuchaba más amenazante, sin embargo, Jesús no se detuvo y llevo la antorcha humeante hasta el panal, las abejas ante el humo empezaron a dispersarse, Chente, ya se había colocado unos trapos largos en el cuello y la cara, al igual que los guantes en las manos, y un antigua casco con malla que tapaba su rostro, aprovechando la situación se acercó, tomo el panal en sus manos y lo abrió, algunas abejas intentaban defender su nido, picándolo incesantemente pero él ya sabía cómo protegerse y rápidamente saco toda la miel que pudo colocándola en los tobos.

Al mismo tiempo, Jesús, rodeaba a Chente con el humo para evitar que siguieran picando a su papa; Chente moviéndose rápido le dijo a su hijo:

- Ya vete, tamos listos.

Jesús obedeciendo, salió rápido del lugar y espero en un claro de la montaña para encontrarse de nuevo con su papa.

- Mira hijo, llenamos dos tobos, ese panal estaba full, vámonos a casa a colar la miel y meterla en las botellas, que mañana la vendo en el mercado.

Jesús estaba alegre, con lo que oía de su padre, pues sabía que al vender la miel podían comprar comida en la bodega. Esa tarde de regreso, padre e hijo, hablaban, reían y cantaban por todo el camino por la satisfacción que le había traído cosechar esa miel.

Al llegar a casa, Chente junto con su mujer, empezaron a colar la miel en un viejo colador de pasta que tenían, mientras los niños los rodeaban gritaban eufóricos, pues habían podido saborear pedazos de panal con miel, lo cual les trajo gran alegría y energía para brincar y cantar.

CAPITULO II

LA BODEGA DE DOÑA MARGARITA.

Doña Margarita era la dueña de la única bodega del caserío La Quebrada, era una mujer de
60 años, blanca, alta, que había decidido, tras su jubilación, vivir en el campo lejos de la bulla y el estrés de la ciudad. Había llegado al caserío hace unos años atrás, ahí compro un pedacito de tierra donde construyo su casa y monto la bodega, la cual se convirtió en el sitio de reunión de los habitantes, ahí hablaban, se reían, comentaban los problemas de la comunidad y hasta salían las soluciones a dichos problemas.

La bodega era un espacio pequeño, pero doña Margarita trataba de mantenerla surtida porque estaba consciente de la necesidad y las dificultades de los vecinos para salir del sitio en busca de los alimentos para sus familia.

Todos sabían dónde estaba la bodega, en ella, había un ventanal grande por donde Dona Margarita acostumbraba a atender a los clientes, que se paraban frente y observaba un antiguo letrero de Pepsi-Cola ya oxidado y envejecido invitando siempre a saciar la sed con el espumante y frio refresco.

-Tiene mortadela, doña Margarita?. Preguntaba una vecina, la Sra. Ester.

-si hay mija, cuanto vas a querer?

-Deme por favor medio kilo, que Fidel se lo paga el sábado cuando le paguen en la finca. ¿Supo lo de la hija de Felicia, doña Margarita, que salió preñada?

-¡Ay Dios mío, si es solo una niña!

-Que niña' na, doña Margarita, si andaba con el novio pa'rriba y pa'bajo y le decía a la mai, que estaba en el liceo.

-Bueno Ester, tu sabes cómo son los muchachos ahora, apurados para todo, otro hijo para Felicia, porque ese lo termina criando siempre la abuela!. Decía Margarita mientras cortaba y envolvía la mortadela.

-Si Doña, así no mas es.

-Aquí está la mortadela Ester.

-Gracias mi Doña, el sábado vengo con Fidel y arreglamos cuenta.

Doña Margarita observaba como la señora Ester se alejaba de la bodega a la vez que pensaba, que eran buenos clientes Ester y Fidel, pues siempre le compraban y bastante en la semana. Se había volteado ya para salir de la bodega e ir a su casa cuando Margarita escucho una voz que le decía:

-Deme dos sardinas y un arroz.

Margarita se apresura a asomarse por el ventanal donde atendía a sus clientes, cuando vio a Jesús, el niño tenía su cara sucia, sus ojos llenos de lagañas, evidencia de que no tenía la costumbre de asearse, pero como lo iba hacer si ningún adulto lo enseñaba, pensó.

-Deme dos sardinas y un arroz, repitió el niño.

-Buenos días Jesús!, le respondió sonriente Doña Margarita, -saluda Jesús, siempre diga buenos días!.

-Buenos días Margarita!, repico el niño.

-Buenos días doña Margarita!, le insistió la mujer, sin embargo lo único que pudo lograr del niño es que este sonriera.

-¿Tengo miel en la casa, va a querer?

-Qué bueno, y cuando castraron Jesús? Pregunto la mujer interesada.

-Ayel, dijo el niño, yo le dije a Pa, que me acompañara

Y lo lleve donde había un panal tan grande que cargamos entre los dos, y no podíamos con el peso.

Doña Margarita pensó, que si tenía buena imaginación ese muchacho.

-Yo mismo las castre, Pa, lo único que hizo fue echar el humo, y las bichas me picaron pero a mí no me dolía, ya yo estoy acostumbrado.

-Qué bueno Jesús, dijo Margarita mostrándose interesada en el relato del niño.

-Y eso no fue lo peor, cuando veníamos cargando la miel un tigre salió al paso para atacarnos!.

-Dios mío!, dijo Margarita sorprendida por la imaginación del muchacho. - Y que hicieron
Jesús?.

-Pa, agarro el machete, y le fue a dar cuando el tigre le mordió el brazo, estaba herido y lloraba del dolor, fue cuando soltó el machete y yo lo agarre y a un palo largo le hice una punta, cuando el tigre fue a morderlo otra vez, yo agarre la lanza y se la clave en el corazón y luego en el estómago para que se muriera, y ahí quedo muertico. No lo pudimos cargar porque era mucho peso para los dos.

-Guao Jesús, estuviste en peligro, menos mal que eres muy valiente!. Le decía Margarita al niño, siguiéndole la corriente, con el gran relato que acababa de escuchar en donde su imaginación salió a relucir en toda su expresión.

-Aquí esta las dos sardinas y el arroz, y dime una cosas Jesús, regresaste por el tigre?
pregunto Margarita con curiosidad.

-Si yo deje a Pa, en la casa junto con la miel, y me regrese a buscar el tigre, pero cuando llegue al sitio ya se lo habían llevado, yo le seguí el rastro que habían dejado pero cuando estaba oscureciendo me devolví porque no llevaba la linterna y si me salía otro tigre no tenía la escopeta, así que me devolví, ya Pa, estaba preocupado por mí, menos mal me devolví!.

-Bueno será en otra ocasión que traigas un tigre, verdad?

-Si Doña Margarita, por ahí hay otro que llega hasta el potrero, la gente de la finca está preocupada porque le puede comer el ganado, pero ya yo le dije que se lo iba a cazar!.

-Si mijo, ten cuidado siempre que vallas al monte, por favor salúdame a tu mama, y Dios te acompañe por esos montes.

 Y Jesús recogió la bolsa con las cosas que había comprado, sus ojos brillaban de la emoción, se sentía importante y valiente por aquella odisea contada a Doña Margarita. Se fue a su casa caminando despacio como siempre mientras que Margarita lo observaba alejándose de la bodega, a la vez que pensaba cuantos problemas tendrá esa familia que el niño se refugia en esa gran imaginación para escapar de su triste realidad y olvidarse de las carencias y el hambre que lo persigue.

-Dios te cuide! dijo Margarita con misericordia, observando al muchacho.

CAPITULO III

EL DIA A DIA.

Otro día llego, el sol brillante alumbraba el espacio, lentamente pintaba el horizonte con colores dorados y naranjas, el cielo tomaba vida, su azul característico relucía a cada segundo más y más. La mañana iba avanzando arropando todo el espacio con su cálida caricia, en el potrero entre su gran verdor se podían distinguir algunas vacas que despúes del ordeno sacaban a pastorear los obreros de la finca.

Muy temprano en la mañana Jesús jugaba en ese mismo potrero, el cual daba al patio de su casa, volaba una cometa hecha con pedazos de bolsa que había conseguido, la hizo de tres colores y la hacía volar tan alto como volaban sus sueños e imaginación. Había esperado que su papa, Chente, saliera a trabajar muy temprano en la mañana para el poder salir a jugar antes que se levantara su mama y sus otros hermanos.

Un grito en la distancia acabo con la tranquilidad con que el niño jugaba.

-Jesús, Jesús, Jesús, gritaba Rosalba, la madre del muchacho, desde la puerta de su casa.

-Jesús ven acá!, volvió a gritar Rosalba. El niño no respondió estaba inmerso en sus sueños de grandeza volando a otros lugares que podía explorar gracias a su imaginación.

-Pancho valla busque a Jesús, le decía Rosalba a su segundo hijo. Pancho era un niño de 10 años, de estatura baja para su edad, poco desarrollo físico y delgado, lo conocían en la escuela por peleador, violento y explosivo.
 El niño fue corriendo hacia el potrero donde estaba su hermano mayor jugando.

-Jesús te llama maita, que te vayas a la casa ya porque te va jode!.

-Que quiere que estoy ocupado?

-Anda Jesús que te va jode!.

Lentamente Jesús recogió su cometa y cuando hubo terminado los dos muchachos caminaron hacia la casa donde los esperaba su mama.

-Ven acá Jesús, porque no me responde cuando te llamo? Y sin mediar más palabras la madre le lanzo una cachetada al niño.

-Ma, no me pegue que ya yo soy un hombre.

-Ya eres un hombre? Vamos a ver lo que dice tu papa cuando llegue del trabajo, anda pal conuco de don José y te traes unas berenjenas que aquí no hay nada que comer y no te tardes, porque se lo voy a decir a tu papa cuando llegue.

Los niños menores de Rosalba, Deisy de 8 años y Xavier de 6 años, ya despiertos pedían desayunarse.

-Mama quiero comida, quiero comida! repetían incesantemente los niños, la mujer desesperaba los trataba de calmar.

-Ya Jesús fue a buscar berenjenas, cálmate, ya viene!, respondía la madre con poca paciencia. Pero la niña histérica no se calmaba.

-Vieja bruja dame comida, tengo hambre!. Era el reclamo de la única hija hembra de Rosalba y Chente, la cual siempre le permitieron que hablara con un lenguaje soez, como también la madre le respondía muchas veces a sus hijos.

-No me digas así, Deisy, respétame que se lo voy a decir a tu papa!, mientras la niña más violenta se ponía mientras y Xavier no paraba de llorar.

-Aquí esta Ma, las berenjenas y el señor José no me vio que las agarre!.

-Cálmate Deisy ya voy a cocinar!. Sin embargo la niña mal humorada no dejaba de insultar a la madre.

En el patio de la casa, en espera del desayuno, jugaban metra, Jesús y Pancho; El hermano mayor sabía que a Pancho no le gustaba perder y sin que este se diera cuenta, fue quitándole algunas metras con mucha agilidad, Pancho al darse cuenta que sus metras no coincidían con su cuenta, exploto en ira en contra de su hermano mayor.

-Dame mis pichas, Jesús!.

-Yo no tengo nada tuyo! dijo este último riéndose a carcajadas de su hermano.

-Dame mis pichas o te voy a matar! Y el niño se avecinó sobre su hermano mayor, Jesús al ver la reacción de Pancho, más le provoco burlarse de él y hasta lo pateo con el pie para que este más bravo se pusiera, mientras se incorporaba rápidamente para salir corriendo; Pacho encolerizado corrió tras su hermano que no dejaba de burlarse de él.

-Te voy a matar, dame mis pichas! Mientras corrían alrededor de la casa.

-Lero lero no me alcanzas! Reía Jesús burlándose de Pancho.

-Te voy a matar, si te agarro te mato!.

-Dejen de pelear! Gritaba desde la cocina Rosalba, tratando de controlar a sus dos hijos.

 Rosalba gritaba y gritaba, trataba de controlar a sus hijos mayores, y a los menores que seguían a sus pies gritando y llorando por el desayuno, que estaba ya casi listo.

La mujer desesperada sin paciencia, ni autoridad sobre los hijos, no le quedó más remedio que servir la comida, aún caliente y entregarles a sus hijos para que comieran y así calmarlos, mientras ella tenía un minuto de tranquilidad solo para maldecir su vida.

La madre camino hacia el patio, en él había una vieja batea en donde solía remojar la ropa de sus hijos , ya con un poco de tranquilidad puedo lavar todo lo que pudo, siempre lo hacía por la poca ropa que tenían los niños.

CAPITULO IV

 EL CASTIGO.

La tierra estaba mojada su olor característico así lo hacía saber, era de tarde y había llovido ya varias veces, empezó con un roció y luego fue arreciando la lluvia hasta volverse un palo de agua. Los canales en los techos recogieron gran cantidad de agua y llenaron los pipotes dispuestos para tal fin, era la forma como muchos tenían en la comunidad de la Quebrada, para almacenar tan preciado líquido necesario para los quehaceres de las casas.

Los hombres regresaban temprano de sus faenas, muchos trabajaban en las fincas que rodeaban el caserío, entre ellos Chente, que en ese instante estaba llegando a su casa un tanto mal humorado por algunos inconvenientes que había tenido en el trabajo.

Cuando estuvo frente a su casa, su hija Deisy lo fue a recibir para mostrarle algo que había visto.

-Papa ven a ver!, dijo la niña invitando a su padre para que la acompañara.

-No me molestes Deisy no estoy de ganas!, respondió el padre con un leve tono de voz subido. Sin embargo la niña volvió a insistir.

-Ven papa ven!

-Ya te dije que no me molestes, vengo arrecho!, grito el hombre. Al sentir el rechazo de su papa, la niña se alejó inmediatamente de él.

 Chente se sentó bajo una mata de guanábana que estaba cerca de la casa, ahí, acostumbraba sentarse por largas horas con su mujer, Rosalba, para comentar las cosas del trabajo y de la casa. La cara del hombre reflejaba dureza y sus ojos rabia, por lo que su mujer pregunto de manera prudente

-Mijo vas a comer, ahí te guarde un plato de comía!, le dijo Rosalba suavemente mientras se acercaba a su hombre para sentarse a su lado.

-No mija! Lo que tengo es rabia, ando arrecho! , ese tipo el nuevo de la finca se la quiere echar de una gran vaina y lo tengo atravesado!. Le dijo Chente indignado por lo sucedido en el trabajo a su mujer, mientras Rosalba no importando lo que le decía su marido, lo que deseaba era contarle lo mal que ella también había pasado su día.

-Ahí mijo, decía la mujer, aquí los muchachos están terribles, imagínate que Jesús se perdió todo el día, lo llamaba y el no aparecía, lo busque en el potrero y él no estaba allí, Pancho lo busco y lo encontró casa de Reina, y no se quiso venir, yo no sé qué quiere ese muchacho, ya me tiene obstina, pelea con Pancho todo el día por nada y le pega cocotazos a Xavier, verga Chente me tiene mal!.

-Yo te he dicho que cuando se ponga así que le des su correazo en el lomo!.

-Pero él me insulta y me dice vieja maldita y creo que me va a pegar!.

-verga pero yo no puedo llegar tranquilo a la casa porque todo es un peo!.

-Pégale tú, a ti es que te respeta!.

Chente se incorpora con rapidez y empezó a gritar llamando a su hijo mayor.

-Jesús venga acá! gritaba el hombre encolerizado ya fuera de sus cabales por todo lo que su mujer le había contado del muchacho.

-Ya lo voy a matar a palo para que se acaba esta verga!.

-Dígame Pa, que quiere? Respondió el muchacho un poco desafiante.

-Que verga contigo que ya no respetas a tu mama, le grito Chente sacándose la correa del pantalón.

-No me pegue Pa, que ya yo soy un hombre.

-Eres un hombre? Vamos a ver?, y empezó Chente a latigarlo con su correa insistentemente en la espalda del muchacho, Jesús resistió los tres correazos que con fuerza brutal le propinaba su padre y retrocedió.

-Que para dónde va?, dijo Chente volcando nuevamente su furia en el muchacho -Vengase otra vez que aún no he terminado!, encimándose sobre Jesús para darle correazos en la espalda, nalgas , piernas y hasta en la cabeza.

-No pa ya no me pegue!, decía llorando Jesús.

-Si papa sígale dando!, dijo Pancho desde la esquina de la casa donde observaba la violenta escena.

-Ven acá tú también!, amenazando Chente al pequeño Pancho.

-No Apa yo no hice nada!. Dijo Pancho asustado.

-Venga señor no me haga irlo a buscar también!. Y al acercarse el niño al hombre enfurecido, este le volcó toda su ira entre los dos muchachos.

 Rosalba paralizada del miedo que le causaba la actitud del su marido, no se atrevió a decirle nada. Sabía que cuando se descontrolaba era muy difícil que se volviera a controlar, el hombre insistía en pegarles salvajemente a sus dos hijos, y gritándoles les decía

-Vengan acá que ahora es que estoy comenzando!. Los niños lloraban y gritaban suplicándole a su padre que ya se detuviera, mientras aquella escena hizo que algunos vecinos se acercaran al lugar con mucha prudencia ya que sabían que Chente, era un hombre que no entraba en razón y menos cuando se trasformaba en ese ser hostil.

Tan brutal era la forma de la escena que la única que se atrevió a decirle algo fue la abuela de los muchachos que valientemente se acercó para decir:

-Ya está mijo no le pegue más a los carajitos!. El hombre se detuvo y voltio la mirada a donde estaba su mama, la miro con rabia, hubo unos segundos de intensa tensión, nadie supo lo que le paso a ese hombre por la mente, cuando dijo:

-Métanse a la casa y no quiero escuchar a nadie llorando, y otro día lo vuelven hacer para molerlos a palo limpio!. Y los muchachos encorvados del dolor caminaron lentamente a su cuarto y no salieron por el resto del día obedeciendo así a su papa.

CAPITULO V.

LA MUERTE VISITA.

Muy temprano en la mañana Rosalba se disponía a lavar, era una actividad que hacía a diario por la circunstancias en que Vivian. Hace días había ido a la montaña con sus dos hijos mayores, Jesús y Pancho, en busca de un árbol llamado "Parapara", cuyos frutos redondos y pequeños de color marrón, se colocaban a hervir y el agua se torna jabonosa, esta agua era utilizada por Rosalba y muchas vecinas más para lavar la ropa, cuando no tenían detergente para tal fin.

Empezó a remojar la ropa en la pequeña bañera, para que a esta se le fuera aflojando el sucio, luego restregaba y enjuagaba, la mujer lavaba rápido, pues esta actividad diaria le había hecho adquirir destreza en el lavado de la ropa. Un pensamiento fue apareciendo en su mente mientras lavaba el cual la hizo sonreírse, pensaba que bien la había pasado en la noche anterior con su marido Chente, le gustaba hacer sexo con él, era su macho y se mordía los labios; Empezó a revivir lo sucedido la noche completa, su piel comenzó a erizarse, un leve corrientazo se deslizaba entre sus piernas la cual la hizo excitarse nuevamente, recordó también que cuando eran adolescentes se fugaban al rio y pasaban horas en un recodo del rio desnudos descubriéndose el uno al otro.

Era lo único que la hacía feliz, estar con su Chente, lo único que esperaba al terminar del día y aunque anoche se había percatado de que su hijo Xavier que dormía con ellos había despertado y los observababa en todo aquello, ella no detuvo su pasión por su marido y siguió disfrutando del sexo esa noche.

Terminaba de extender las últimas piezas de ropa en el alambre oxidado que tenia de colgadero, ya finalizando su actividad de lavar, cuando su hija Deisy se acercó para decirle:

-Mama el niño se cayó de la cama y está llorando!.

-Bueno Deisy recógelo, no ves que estoy ocupada! Respondió la madre.

-Mama pero está llorando!.

- ¡Cárgalo mijita ! le respondió gritando la madre haciendo gala de su poca paciencia para con sus hijos, sin embargo no dejaba de parir, ya a sus 26 años tenía 5 niños, Jesús, Pancho, Deisy, Xavier, y el pequeño Luisito, sin contar con tres abortos que había sufrido sin causas aparentes pero ella no se quería ligar pues su marido había decidido que era muy joven para eso. Hace 5 meses había parido al pequeño, el cual tuvo que dejar hospitalizado para completarle la maduración pulmonar en una incubadora. Ella no estaba de acuerdo con que lo dejaran ya que no quería quedarse en ese lugar solo deseaba regresar a su casa. Un mes más tarde habría que regresar con su pequeño por una complicación pulmonar, una gripe mal curada, como decía ella.

El medico índico nuevamente hospitalizarlo pero ella había tomado la determinación de curarlo en su casa con algunas ramas que su marido Chente sabia utilizar. Se percató que el niño aún seguía llorando y se dirigió a su cuarto donde Luisito se encontraba con Deisy y lo cargo para darle teta pues pensó que ya era hora para amamantarlo.

-ya está Luis cállate que quieres? Te doy la teta y no mamas!. Decía la madre.

El niño no paraba de llorar, la madre paso el resto del día cargándolo, paseándolo por la casa y siseándolo, más el niño no se tranquilizaba, ya habían trascurrido horas desde que la criatura se había caído de la cama, cuando Rosalba decidió llevárselo su la abuela, la mama de Chente, para preguntarle:

-Ay Petra el niño se cayó en la mañana y no deja de llorar!.

-Déjame verlo Rosalba, vamos a revisarlo!. Petra muy cuidadosamente le quito la ropa al niño y lo reviso:

- No se le ve herida na, será que se rompió por dentro, uno no sabe Rosalba y ellos no dicen nada donde les duele, porque no lo lleva al médico?

-Ay no, yo no tengo plata Petra, cuando venga Chente en la tarde que le rece.

-Mija pero es bueno que lo vea el medico ellos saben más, pídele prestado al vecino que ellos la otra vez te prestaron, acuérdate, yo también tengo alguito por aquí y te lo puedo prestar también.

-No Petra yo voy a esperar a Chente pa' ver que dice el!, dijo Rosalba con un tono subido a su suegra Petra, ya que no le había gustado que su suegra dudara de los poderes curativos que poseía de su marido. La mujer regreso a su casa, y el día fue trascurriendo, el niño a ratos dormía y en otros ratos lloraba desconsoladamente sin que nadie pudiera tranquilizarlo, pasaba de brazos en brazos pues fue cargado por todos los hermanos y su madre sin que lograran que Luisito se calmara.

Ya en la tarde a la llegada de Chente de su trabajo, Rosalba corrió a contarle lo sucedido a su marido, el padre lleno de preocupación cargo al niño y lo llevo al cuarto para revisarlo luego salió a la montaña en busca de algunas hierbas que necesitaría para rezarle al pequeño Luis, no había pasado media hora cuando Chente regresaba con las hierbas necesarias para hacerle el despojo a su hijito y rezarle para que sanara.

En la noche silente se escuchaba a los lejos el llanto del niño, él bebe inquieto no por hambre sino por dolor, ya entrada la madrugada el niño dejo de llorar, y Chente sintió alivio pues su tratamiento había surgido efecto, lejos estaba ese hombre de saber que ya no más oiría el llanto de su hijo ni para bien ni para mal.

El nuevo día había llegado, y con él la fatalidad en esa familia, muy temprano Chente había ido a trabajar y dejado su mujer y todos sus hijos durmiendo como era su costumbre. También, no lejos de su casa, la señora Petra se levantó temprano ya que la preocupación por su nieto no la abandono en toda la noche y se dispuso a ver cómo había amanecido, entro a la casa de su hijo que no tenía ninguna seguridad y fue a despertar a Rosalba.

-Mija como amaneciste por aquí? No pegue un ojo en toda la noche pensando en Luisito, vine a ver tempranito, destápalo mija que quiero verlo.

-ya él se mejoró Petra, dejo de llorar anoche después que Chente le rezo.

Petra toco a su nieto, lo sintió poquito y no respiraba bien, para ella era evidente que el niño no había amanecido bien y alerto a la madre:

-Ay mija, Luisito no está respirando bien, esta desmayaito, llévelo al médico Rosalba , llévalo al médico!. Le repetía con angustia la mujer, al ver a su nieto que no respondía.

El resto de la mañana fue entrando la familia a ver la condición de Luisito, fue visitado por todos los tíos y primos que Vivian cercanos a la casa, todos le pedían a Rosalba que llevara al niño al médico pero ella hacia caso omiso de la sugerencia de la familia. Ya a eso de las once y media de la mañana, Luisito empezó a respirar con mayor dificultad y su mirada estaba perdida.

Rosalba al ver la mirada de su hijo salió al patio y le pidió a Jesús que trajera de inmediato a su papa de la finca, el muchacho corrió como nunca había corrido, atravesando el potrero como una bala para llegar lo antes posible a su destino en la finca e informarle al padre de la mala condición de su hermanito. Chente escucho a su hijo mayor y juntos salieron en carrera hasta la casa donde le esperaba la escena de angustia y desesperación por la condición de su niño. Rosalba lo espero con lágrimas en los ojos para decirle:

-Chente el niño no sé qué le pasa, voltio los ojos, ayúdalo Chente, sálvame a mi niñito!

El hombre corrió al cuarto donde estaba su hijo moribundo, lo tomo entre sus brazos y observo que aun respiraba, se dio media vuelta y salió al patio de su casa, ahí estaba su mama, se dirigió donde estaba ella y con lágrimas en los ojos y con un profundo dolor en su pecho le dijo:

-Mama que hago? El hombre estaba tembloroso, presentía que la vida de su hijo se estaba apagando, a la vez que no entendía, él había hecho todo lo que sabía para curarlo y ahí estaba el niño entre sus brazos muriendo.

-ay mijo dígale a Doña Margarita que lo saque en el carro para el pueblo para que lo vea el doctor, llamen a la vecina para que los lleve,! repetía.

Los hijos de chente se acercaron todos a llamar a la vecina que era la única con carro por esos lados, la vecina enseguida respondió

-que pasa niños, que les ocurre?

-Doña Margarita hágame el favor para que me lleve al ambulatorio que el niño se siente mal. Le dijo Rosalba a Margarita.

-Bueno voy sacando el carro! Y así lo hizo Margarita sin perder el tiempo debido a la urgencia que había observado. Ya montados en el carro, Rosalba que cargaba al niño y chente, le contaron que no sabían que tenía el niño y que él estaba bien y de pronto se puso así, Margarita no quiso comentar al respecto porque sabía que desde ayer el niño se había caído y no lo habían hecho revisar por el médico.

Margarita observo que el niño apenas respiraba y que la coloración de la piel era morada, sintió pena por la criatura apenas tenía fuerza para respirar. Rosalba rompió el silencio que llevaba Margarita diciéndole:

-Tóquelo Margarita, yo lo siento como frio. Margarita que acostumbraba manejar con las dos manos en el volante, soltó una para tocar el niño que estaba en brazos de su madre, al hacerlo Margarita sintió la frialdad de la muerte. Este niño está agonizando pensó, y guardando silencio acelero el carro para llegar más rápido, Que Dios meta su mano y salva esta podre criatura pensaba mientras manejaba.

Ya en el ambulatorio Margarita recomendó a los padres que hiciera llamar con la enfermera cualquiera de los dos médicos de guardia y si había que sacarlo que se acordaran que había una ambulancia para los traslados. Doña Margarita los despidió pensando que iban a durar un buen rato antes de salir del ambulatorio.

La enfermera de guardia recibió al niño. Preguntaba que le había pasado y ambos padres insistían que él estaba bien y de pronto se puso así. La enfermera viendo la condición respiratoria del niño, no perdió tiempo y le empezó a suministrar oxígeno a la criatura pero ya era tarde para cualquier estrategia de rehabilitación, el niño había muerto.

La enfermera midió sus signos vitales y les comunico a los padres la trágica noticia.

-Él no está muerto! dijo Chente a la enfermera, -tú lo mataste con ese oxigeno que le pusiste, te voy a denunciar para que te boten, no sirves para nada!

La enfermera no respondió pues sabía que esa reacción del Padre era producto de la noticia recibida, pero si les recalco,

-Voy a mandar a llamar el medico que está en su casa para que le levante el acta de defunción!. Lo cual desespero más a los jóvenes padres que no encontraron más respuesta que agarrar al niño y traerlo hasta su casa.

Llantos y gritos se escuchaba en casa de Rosalba, la noticia de que el niño había muerto había impactado en toda la familia.

-Murió el angelito! Gritaba descontrolado su tío a la vez que entraba en casa de chente, todos lloraron la pérdida del niño. Los vecinos poco a poco fueron acercándose para darles el pésame a los padres. Doña Margarita estaba en la casa, estaba tomando un vaso de agua cuando empezó a escuchar en la casa de sus vecinos los gritos y lamentaciones por la pérdida del niño, ella también se acercó a la casa, contemplo la escena de dolor y solo pensó en Dios, le pedía que le diera consuelo y luz a esa familia, al mismo tiempo que se preguntaba que teníamos que aprender de esa triste situación vivida, humildad, pensó.

Chente volvió a tomar a su hijo muerto en brazos camino hasta el patio de la humilde casa, levanto al niño y con desesperación grito:

-Dios si eres tan poderoso devuélveme a mi hijo! El hombre se derrumbó, cayó al suelo y empezó a llorar como un mismo niño, todos los presente lo rodearon para guardar un silencio casi sepulcral.

CAPITULO VI.

VOLVER A LA ESCUELA.

Son las 6 de la mañana de un día lunes, cuando el padre busco levantar a todos los niños, hoy comenzaba un nuevo periodo escolar y tenían que estar a la siete y media en la escuela.

Deisy se levantó sin mucho afán ella estaba esperando este día, sabía que se iba a reencontrar con sus amigas del colegia y muy rápido se alistaba para irse, no era así con Pancho y Jesús, a los cuales hubo que volverlos a parar para arreglarse. Los tres niños mayores de Rosalba, hoy comenzaban un nuevo año escolar. Caminaron aproximadamente quince minutos por la orilla de la carretera para llegar a la escuela, caminaban juntos y Jesús como el hermano mayor, los cuidaba por el camino, cuidando de que llegaran limpios y a la hora de entrada a la escuela.

En la puerta de la escuela siempre le daba la bienvenida la maestra Teresa, una señora mayor, muy dulce cuyos alumnos era los mejores preparados, ella con mucho amor impartía las clases y eso era el secreto del su éxito. Deisy fue la afortunada que quedo en el grado con la maestra Teresa, la niña, tenía ya el grado aprobado seguramente.

Por otro lado, Pancho, no estaba tan complacido de venir a la escuela, le gustaba más cuando Rosalba no los paraba ya que ella misma se quedaba durmiendo hasta más tarde o cuando no había comida, ya que sin esta no los mandaban a clase, y esto le daba la oportunidad de quedarse el día entero jugando metras, que era su juego preferido. La maestra Josefina llamo a una lista, y entre la lista nombrados por ella apareció el de Francisco Maita, que era el verdadero nombre de Pancho. Josefina ya conocía a Pancho, era la segunda vez que le daba clase. Cuando tuvo todos los niños en el aula, comenzó a recomendarles algunas cosas, como que traigan todos los útiles, su lápiz no los dejen en el pupitre sino que lo guardaran en el morral tricolor de cada uno, y de manera sonriente dijo también , que por favor Pancho que no pelee con sus compañeros , a lo cual, el niño no le gustó mucho el comentario.

-bueno atentos y saquen su libro de matemáticas para ponerle unos ejercicios!, dijo la maestra josefina, a lo cual todos buscaron sus cuadernos y copiaron las cuentas que tenían que resolver antes del recreo. Mucho antes que sonara la campana para salir al patio Josefina había empezado a llamar a la pizarra a resolver las cuentas que había puesto, todos a excepción de dos alumnos habían terminado y sabían los resultados, no fue una sorpresa para Josefina, que Pancho y Saúl, no terminaran los ejercicios.

Ya en el recreo los niños como de costumbre brincaban, y otros cantaban, solo Pancho no se movió de un rincón en el cual permanecía cayado, sin embargo unos niños se le acercaron para decirle,

-Eres el mismo burrito del año pasado !pancho te faltan las orejas, jajaja!,

Con lo cual Pancho se encolerizo y reto con sus puños a tres de los niños, ninguno hizo frente, pues la maestra Josefina lo evito, no dejo que los niños se pelearan. Al regreso del salón solo decía,

-Ay Pancho ya vas a comenzar, que voy hacer contigo muchacho, te estas estrenando en el primer día de clase, saquen el libro de sociales que vamos a leer un rato!. Mientras la maestra asentaba con la cabeza.

Por otro lado estaba Jesús, le había tocado el aula con la maestra María, el muchacho era el más alto de la escuela, pero no era por su desarrollo, sino que ya había repetido tres veces el mismo grado, considerando que todos sus compañeros eran de menos edad que él. A Jesús esto le incomodaba totalmente ya que decía que estaba estudiando con un poco de enanos y para colmo de males las medidas de los pupitres en ese curso le quedaban pequeños y apenas cabía en ellos. Jesús era el estudiante que no retenía nada de la enseñanza y no porque fuese poco inteligente sino que él prefería viajar con su gran imaginación que estar presente en el aula, ya las maestras habían discutido varias veces su caso, y aunque sus padres fueron citados para explicar la situación de Jesús, ellos no pudieron canalizar en el muchacho esa inmensa imaginación.

-Preparen el cuaderno de dictado, vamos a comenzar!, explicaba la maestra María a sus alumnos, mientras estos se preparaban para el dictado, -Pongan la fecha de hoy lunes 2 de octubre.....

Eran las ferias del pueblo habían venido gente de todas las regiones del país, oriente, occidente y central, la mayoría vestía camisas de cuadros de diferentes colores, sombreros y botas. Al pueblo habían llegado muchos jinetes con gran experiencia, pues también era el concurso de coleo uno de los más visitado en el país. Grandes camionetas con trailers trasladaban sus ejemplares, muchos de ellos ya recorrían las calles del pueblo esperando la hora en que iniciara las coleaderas, los jinetes saludaban a las muchachas a la vez que engalanaban con su porte de coleador todo el pueblo, por la calle principal paseaba un grupo de coleadores en sus caballos, hermosos ejemplares de color marrón, negros y hasta blancos se dejaban ver entre la algarabía de la gente que los seguía a todas partes, sin embargo, entre esos jinetes sobresalía uno en especial, montado en su hermoso caballo Palusa de nombre Trino el cual había ganado por tercera vez el campeonato nacional de coleo, su nombre Jesús, a nuestro Jesús, la gente lo saludaba con emoción porque sabían que Jesús era un ganador, las muchachas siempre le sonreían y le decían cosas picaras que Jesús respondía siempre guiñando un ojo.

Ya a la hora del campeonato de coleo, la gente emocionada esperaba el desfile de los jinetes, todos montados en la talanquera disfrutaban en primera fila del espectáculo, salió el primer grupo de coleadores y Jesús lo encabezaba, la gente gritaba,

-Jesús! Todos querían saludarlo y estrechar su mano, había nacido en la zona y todos lo conocían, era considerado la gloria nacional del coleo. Mas allá, Montados en el palco presidencial, observaban orgullosos, Rosalba y Chente; Su hijo era el mejor y el que más sobresalía con su hermoso caballo Trino. Luego del desfile, el juez llamo al primer grupo, Jesús pertenecía a él, el juez les deseo buena suerte y los mando a sus posiciones, sonó el silbato y salió el primer toro, un gigante animal con cuernos grandes , salvaje que casi echaba fuego por la nariz, los otros coleadores se frenaron al ver la inmensidad de aquel animal , pero Jesús salió adelante y esquivando los cuerdos de aquel Toro, tomo su rabo se envolvió su muñeca e hizo que trino , su hermoso caballo Palusa, corriera hasta vencerlo y darle una primera vuelta de campana a ese monstruo, los primeros puntos para Jesús, no había duda que era un ganador, la gente gritaba consignas de apoyo a Jesús , era su héroe y así lo dejaban ver.

Aquel monstruo se volvió a levantar, más desafiante que nunca, en sus ojos dejaba ver la rabia por la ofensa hecha por Jesús y su caballo Trino,

Lo midió y enfurecido se fue contra la humanidad del coleador estrella, los otros coleadores no se atrevían a participar en la contienda pues temían por su vida, nunca habían visto un toro tan grande y menos aún tan endemoniado. El toro se paró rápidamente y trato de envestir a Jesús , pero este era un jinete experimentado y lo esquivaba con rapidez, cosa que hacia enfurecer más al Toro, el monstro se fue enfilado nuevamente hacia el coleador, deseaba destruirlos de un sola vez ,Jesús espero el momento preciso e hizo que Trino se apartara hacia un lado y el salió volando hacia el otro, cayendo en la parte trasera del Toro, rápidamente volvió a agarrar la cola de aquel animal, la torció en su muñeca y le silbo a su fiel caballo, el cual en carrera vino hacia él, Jesús solo coloco un pie en el estribo de la silla de montar de su valiente corcel, y en carrera logro arrastrar al monstro por toda la manga , dándole varias vueltas de campanas a ese demonio taurino. La gente enloquecida gritaba su nombre

-Jesús, Jesús, Jesús!!Muchas horas pasaron antes que la gente pudiera dejar de gritar y menos de comentar las proezas de Jesús, en ese campeonato de coleo, no por nada se consideraba un héroe nacional, pasaron semanas y aun hablaban del espectáculo dado por Jesús en esa Tarde de toros coleados.

La gente rodeo a Jesús y lo saco cargando en los hombres hasta la plaza, todos lo querían
y admiraban, lo aplaudían y respetaban…..

-Jesús, Jesús, Jesús, grito la maestra María, estremeciendo al muchacho por un hombro,

-despierta Jesús te quedaste dormido en el dictado, porque no pones atención muchacho, que vaina contigo!. La maestra María estaba impresionada de que el niño no había copiado ni una línea del dictado, ella había seleccionado un texto que hablaba de lo bello que es el país y deseaba que sus alumnos se enamoraran de Venezuela a través de ponerlos a soñar con las maravillas que poseía y que ella ya conocía. Mientras los demás alumnos se burlaban de Jesús por haberse quedado dormido en clase, la maestra fue retomando el control pidiendo a los niños más orden y silencio.

-Para mañana me vas a traer una copia del libro, en la página 14, lo traes completo Jesús esa va hacer tu tarea por haberte quedado dormido.

-Si maestra! Contesto Jesús, aun lleno de satisfacción por la gloria vivida en el coleo.

CAPITULO VII.

ATACAN LOS CELOS.

-Mama ahí viene el casabero! Gritaban los niños de Rosalba, ella le había pedido a sus hijos que estuvieran pendiente del señor Pedro cuando pasara vendiendo el casabe, ya que ella acostumbraba a comprar varias tortas y así ganarse un dinero extra para ayudar a Chente con los gastos de la casa. Pedro estaciono el carro frente de la casa de Rosalba, pero ella no salió enseguida, había entrado en el cuarto para verse en el espejo, arreglarse y poder atender al señor Pedro mientras negociaban la mercancía.

Pedro un hombre de mediana edad, buenmozo y jovial, tenía ya varios meses vendiendo casabe por todos los caseríos de la zona, Rosalba siempre que el pasaba, le compraba una torta mientras le comentaba cualquiera cosa que se le ocurría, todo por hablar con ese hombre que le caía muy bien, a lo cual Pedro también correspondía, luego de verle las piernas a Rosalba, pues siempre lo recibía en pantalones cortos , dejando ver parte de su sensual humanidad.

La mujer le gustaba coquetear con Pedro, pues sabía que seguramente no le iba a cobrar las cuentas del casabe , sino hasta que lo vendiera todo y ella así sacaría su ganancia sin invertir mucho, solo reía con el hombre y este no negaba el gusto que tenía por la muchacha.

-Dame dos cuentas de casabe, Pedro!

-Con mucho gusto mi amor! Pídeme lo que quiera que las reinas como tu están para servirle!. Contestaba Pedro enamorando a Rosalba.

-Ay Pedro tú y tus cosas! Le decía Rosalba, mordiéndose los labios en actitud coqueta para que el hombre más se emocionara.

-Tráeme el casabe Pedro, que ese es mucho peso para mí!. La muchacha se voltio y camino hacia la casa, Pedro no le quitaba la vista de encima, pues le gustaba como se tongoneaba esa negra,- ay Dios si me dieras un chancecito, pensaba el casabero.

Entraron en la casa y una vez ahí Rosalba como de costumbre, le indicaba a Pedro que pusiera el casabe en una mesa cerca de la cocina, el hombre no dejaba de piropear a la mujer y una vez que puso la mercancía en la mesa sintió un impulso loco de agarrar a Rosalba y la arrincono, deseaba besarla y con voz suave le dijo cerca del oído,

-Vente conmigo negra, vámonos un rato para rio para que estemos solitos, yo tengo algo que te va a gustar!. Pedro morbosiaba a la mujer, mientras la boca se le hacía agua, cuando de pronto sintieron la voz de Pancho llamando a su mama:

-Mama donde estas? Te llama la señora de la junta!, y Pedro no le quedó más remedio que soltar a la negra Rosalba.

La señora Inés esperaba en el patio, tenía una carta con una petición para la alcaldía y debían firmarla, Pedro salió primero saludo y siguió luego atrás salió Rosalba, que se quedó con Inés escuchando el contenido de la carta.

Rosalba siguió sus ocupaciones, rastrillaba el patio, cuando la vino a visitar su suegro

-Hola Rosalba, como te sientes, no te pregunto cómo estas porque se ve, mi hijo sí que tiene buen gusto!, le decía el suegro de Rosalba mirándola de arriba abajo.

-Mire don Taliba, no valla a empezar con la guachafita que no le voy aguantar una!

-ay negra si yo lo que quiero es que tú y yo nos llevemos bien!,

-Mire Taliba que yo sé por dónde viene usted, y si no quiere problema con Chente mejor se queda tranquilo!.

-Ta'bien aste la dura pero yo vi como tratas a Pedro y a lo mejor soy yo quien habla con
Chente un día, si me sigues tratándome así!.

-abuelo abuelo! salieron de repente los hijos de Rosalba, saludando a su abuelo que tenían tiempo sin verlo, los niños lo rodeaban para jugar con él y Taliba siempre le traía chucherías a sus nietos , terminaba jugando con ellos , mientras que de vez en cuando le metía un ojito a la negra Rosalba.

El compadre Joselino, había llegado, trajo una botella porque quería tomar con Chente y aunque era temprano y sabía que él no estaba aún, quiso ver si podía tentar la suerte con Rosalba, - quien quita y la negra se resbala, pensaba.

Para su sorpresa se encontró fue con el compadre Taliba, quien seguía en casa de la negra.

-Compadre Taliba como estas, no sabía que andaba por aquí!

-Si compadre vine a darle una vueltica a la familia, usted sabe!. Mirando con interés donde estaba Rosalba. Joselino, como buen zorro viejo enseguida noto el interés de Taliba por Rosalba y comento,

-Compadre y esa negra esta buena, no le parece usted?

-Ve compadre así me la recomendó el médico!, le contestó y los dos rieron a la vez que destapaban la botella para empezar a beber. Los hombres pasaron así toda la tarde, bebiendo y hablando de lo buena que estaba esa negra Rosalba.

Ya estaban rascados cuando al final de la tarde llego Chente de trabajar, no le gustó mucho encontrar a los dos hombres tomando aguardiente en su casa sin que él estuviera ahí, no le gustaba mucho que le vieran a su mujer pero dejo pasar las circunstancia, saludo a los dos hombres, y se instaló con ellos a beber un rato.

Los tres hombres bebían, y hablaban de, trabajo, política y deporte, pero el tema que más le apasionaba era hablar de sexo, que si conocieron a una mujer, que si se la llevaron, que hay un nuevo bar con mujeres en el pueblo siguiente, en fin, las horas fueron pasando y los hombres seguían tomando.

Jesús se acercó al grupo de hombres un tanto curioso por lo que hablaban estos de las mujeres, busco colocarse frente de ellos y ahí se sentó en el piso con sus piernas encogidas, detrás de el venia Rosalba con tres platos de comida para los hombres, lo cuales gustosamente aceptaron de manos de la mujer.

-Gracias Rosalba !dijeron al unísono, mientras que todos la siguieron con la mirada una vez que la mujer tongoneando sensualmente su cuerpo se devolvía hasta la casa. El compadre Joselino rompió el silencio en esta ocasión curioso por la iniciación sexual de Jesús.

-Compadre Chente y ya a Jesús hay que llevárselo a una mujer pa'que le dé lo bueno y el muchacho aprenda y se vuelva un hombre ya!.

-Si compadre Joselino, estoy por llevarlo al molino rojo, pero no he tenido dinero pa'
págale la mujer!. Dijo chente.

-Pero Pa, ya yo soy un hombre!, dijo el muchacho emocionado

-Si mijo cuéntanos a quien te cogiste por ahí que no me dijiste nada!.

-A pues pa a nadie, la muchacha que me gusta no me la quiere da, y yo me cojo a la burra del señor Agustín cuando la amarra allá en el fondo!. Los hombres explotaron de risa por lo que le contaba el muchacho de sus experiencias sexuales, pues recordaban sus primeras experiencias de la misma manera,

-Si ahijado está bien, pero a usted hay que llévarlo con una mujer, pa'que sepa lo que es de bueno cojece a una! Le contestaba Joselino al muchacho, y Jesús complacido con el plan asentaba su cabeza en forma afirmativa.

-siii, padrino cuando me va a llevar? Ansioso contesto Jesús

-El viernes en la noche lo vengo a buscar y a usted también compadre Chente, pa' que salga de la dictadura que le tiene la comay Rosalba, me lo va a echa a perde!

-Yo también voy! Dijo Taliba, -eso no me lo pierdo que quiero bebe y baila y si me sale un culo me lo pego también, jajaja!. Rieron todos los hombres, sellando así el compromiso para el próximo viernes en la noche.

Ya a eso de las nueve de la noche los hombres habían bebido tres botellas y se disponían a comprar la otra en casa de candelaria, que era la parte más cercana donde vendían el licor.

-Jesús valla a comprar la botella y viene rápido que esta se está acabando!, dijo Joselino entregándole el dinero al muchacho.

-Si padrino voy volando!, dijo Jesús y salió en carrera para la casa de Candelaria, que ya se había acostado sin embargo al tocarle la ventana a cualquier hora de la madrugada ella se levantaba y vendía el aguardiente.

Rosalba salió nuevamente de la casa, se dispuso a dormir y dejar los hombres que estuvieran tomando y hablando hasta que quisieran, se dirigió hasta su marido lo beso en el cachete y le dijo,

-Hasta mañana me voy acostar! Seguidamente se dio la vuelta en dirección de la casa llamando a los niños para que fueran acostarse al igual que ella. Rosalba lucía una dormilona, que por el tiempo de uso ya trasparentaba dejando ver sus senos claramente, su forma del cuerpo y las pantaletas que usaba. Aquellos hombres no le quitaron la vista de encima, a la mujer, y la siguieron con la vista en cada paso que dio de regreso a casa, pues la tentación los había invadido, cada uno de ellos hicieron gestos evidentes de que le provocaba la mujer. Chente fue el primero en reaccionar al ver a su padre y su compadre embelesados morbosiando a su Rosalba.

-Que pasa pues, es que ustedes no respetan! Y se levantó de la silla lleno de cólera pensando que desde temprano ese par había estado en su casa al lado de su mujer.

-Tranquilo compadre!, dijo Joselino, el más zorro de todos, -no pasa nada compadre, bueno usted sabe uno es hombre y la Rosalba salió con esos trapitos!.

-Si hijo tranquilo si la culpa no es del sapo sino de la estaca si se en salta, respondió Taliba.

-Y usted me quiere ensartar la mujer, papa, es eso lo que me quiere decir, lo voy a joder!. Y le lanzo un manotón al padre ya Borracho que no tenía equilibrio y con el golpe certero del hombre más joven y fuerte, rodo por el piso y empezó a quejarse, a lo cual el compadre Joselino respondió,

-Bueno y te volviste loco Chente, quien te dijo que tienes que pelear por una mujer si todas son putas!.

-A mi negra me la respeta, compadre porque lo corto ahorita!. Y fue a buscar el machete que siempre llevaba al trabajo,

-Que fue me vas a cortar!, dijo Joselino, - tienes a una resbalosa que le pela el diente a todo el que viene pa' ca, ahí ta el casabero que te está comiendo el maíz por la orilla, muchacho pendejo!.

Chente furioso y enceguecido por el comentario de Joselino, le lanzo un machetazo el cual este por fortuna lo esquivo.

-Pendejo te están volteando!, insistía Joselino para alterar más a Chente, mientras Taliba se incorporaba para atormentar más al pobre hombre,

-Esa tipa es una resbalosa, hasta a mí mismo ha querido que me la coja!.

Chente enloquecido con los comentarios de los dos hombres los persiguió machete en mano, a lo que no les quedó más remedio que perderse a la carrera. Enfurecido regreso a la casa gritaba y no paraba de llamar a su mujer, ella había presenciado todo desde la ventana de su cuarto y tímidamente salió y con voz baja dijo,

- Eso es mentira mi Chente, esa gente lo que son unos envidioso!. A lo que le respondió el hombre cacheteando a su mujer con toda su furia.

-Me vas a decir que es mentira!.

Rosalba conocía a su marido y se le arrodillo y le lloro para ablandar a su hombre, este poco a poco fue cediendo, a lo que ella le dijo

- Ven papi, que lo que yo te doy a ti no se lo doy a nadie! y agarrándolo por las mano se lo llevo al cuarto para terminar de convencerlo.

CAPITULO VIII.

PESCANDO GUARAGUARAS.

El domingo había llegado, era un día de gran frescura y radiante sol, Jesús estaba contento pues desde temprano la familia había decidido irse a pasar el día en el rio, sus hermanos jugaban mientras el, su papa y su mama, arreglaban las cosas que necesitaban para el paseo tan esperado por el muchacho.

-Jesús busca el machete, los fosforo, y la red y tráeme la punta que la voy afilar para pescar guara guara! Le indicaba Chente a su hijo mayor, el cual rápidamente se metió los fósforos en el bolsillo derecho, la red en el izquierdo y cogió el machete con su mano. Rosalba por su parte busco la única olla que tenía para cocinar y en ella coloco algunos aliños que mantenía en la cocina, mientras recogía también, la ropa para cambiar a sus hijos después del baño y la coloco en un morral tricolor de la escuela de alguno de ellos.

No tardo mucho Chente en afilar la punta que utilizaba para pescar guara guaras, era una actividad que hacía muy a menudo pues sabía que el sustento de la familia estaba en gran parte en la pesca y otra parte en la cacería, la cual no había podido hacer porque no encontraba cartuchos, ni municiones para ir a cazar.

-Bueno vámonos!, dijo Chente a la familia y toda ellos comenzó a caminar detrás del hombre, el cual acostumbraba ir a un paso en el rio donde iba con Rosalba desde que eran adolescentes, era casi privado ese lugar, por eso le gustaba tanto.

Ya en el rio, los rayos del sol trasparentaban el agua, la poza invitaba a bañarse, a lo cual toda la familia accedió a disfrutar de la frescura que proporcionaba el rio. Los niños fueron los primeros junto con Pancho y Jesús, luego se le sumo Chente y Rosalba, que entraron más despacio y agarrados de la mano, para reunirse con sus hijos y empezar a salpicarlos con agua incitando a que todos lo hiciera como parte de un juego familiar.

Un rato había pasado la familia entre juegos y risas dentro de la poza, cuando Rosalba ya cansada del agua les dijo,

-Vamos a montar la sopa temprano después me están llorando porque tienen hambre, Jesús valla busque las verduras en el conuco del señor José que hoy es domingo y ese a esta hora no está ahí, Pancho búscame leña y ten cuidado con las culebras!. Dijo la madre ordenando a los hijos mayores.

-Si Ma!, dijeron los muchachos saliéndose del agua para buscar lo ordenado por su mama.

Al regreso de Pancho con la leña, Chente y Rosalba hicieron el fogón, montando la olla para solo esperar a por las verduras, a lo cual dijo Chente,

-Ya debe venir Jesús de regreso, me voy a buscar las guara guaras, dile a Jesús que me busque por el rio!. El hombre tomo su arpón y la red, y se fue por el rio revisando las orillas en busca de los peces.

Jesús por su parte, ya en el conuco había sacado la yuca necesaria para la sopa y le faltaban unos topochos cuando escucho un ruido, lo cual lo puso en alerta, tomo un palo largo y se fue acercándose a donde salía el ruido misterioso, -tengo que estar pendiente debe ser ese maldito tigre que me la tiene jurada, pero yo con esto lo voy a jode si me sale al paso!. Pensaba el muchacho. Lentamente se fue acercando en busca de aquella criatura, cuando ya no había duda para él, pues el ruido salían de unos matorrales que estaban a dos metro de su posición, empuño con fuerza su lanza para enfrentar al tigre de una vez por todas, se acercó y movió los matorrales, tan solo para descubrir que era un nidal de guineos. Estos animales con parecido a las gallinas hacen un ruido característicos, las hembras utilizan un solo nido para poner sus huevos, es por eso que suele encontrarse los nidos con veinte y hasta más huevos.

-Verga! Pa y Ma se van a emocionar cuando les lleve todo este poco de huevos!. El muchacho sin vacilar tomo todo el botín que la naturaleza le brindaba, terminando tambien de recolectar las verduras para llevárselas a su mama que lo estaba esperando a orillas del rio y olvidándose por completo del tigre que según él, se la tenía jurada se marcho al reencuentro con la familia.

-Ma!, mira lo que me encontré!, gritaba Jesús a su mama, una vez regresado al campamento con lo solicitado por su madre y el extra que había conseguido .

-Mijo que bueno y cuantos huevos son? Pregunto Rosalba emocionada por lo que había encontrado su hijo, pues sabía que para mañana la comida también estaría resulta.

-Ma, son 25, me los traje todos pero ya sé dónde están poniendo pa' la próxima vez!.

-Mira Jesús tu papa te está esperando para pescar, dijo que lo buscaras rio arriba! A lo cual el muchacho prosiguió a caminar por el rio para encontrarse con su padre que lo estaba esperando, mientras Rosalba y los demás niños celebraban que Jesús había encontrado tantos huevos, era comida y ellos lo sabían.

-bueno síganse bañando que yo voy a pelar las verduras y no se metan tanto pa'lo ondo que me ponen nerviosa si les pasa algo!, a lo cual los niños, Pancho, Deisy y Xavier, regresaron a bañarse y a jugar en las márgenes del delicioso rio.

Jesús caminaba a través del rio por la margen derecha de este, lo hacía lentamente, el agua en algunos lugares le llegaba a las rodillas y en otras más hondo a la cintura, estos por su profundidad eran los lugares favoritos donde se refugiaba las guaras guaras. El muchacho empuño nuevamente la lanza y estuvo muy alerta en su recorrido, sabía que en cualquier momento se podría topar con un cocodrilo y si no estaba atento le podría costar la vida. Disminuyo la marcha, su corazón empezó a acelerarse, sentía el olor del animal que lo acechaba, pero él no estaba dispuesto a perder una pelea y menos con ese cocodrilo así que agudizo aún más la vista y los oídos para ubicar el animal antes que este lo ubicara a él. Cuando de pronto una voz conocida en la lejanía saco al muchacho de su búsqueda.

-Jesús, ven carajo como te tardaste, sostenme el saco, mira como he sacado guara guara! Le gritaba a lo lejos Chente, sacando al muchacho de su aventura imaginaria.

-Si Pa, que bueno aquí estoy, yo lo cargo!. Emocionado por la cantidad de pescado que había sacado su papa. El hombre desde niño lo traía su padre, Taliba a pescar guara guaras y era una actividad que hacía con gran destreza.

-Vamos a buscar las últimas en esta poza y nos regresamos, Jesús

-Si Pa! Contesto Jesús emocionado.

Chente había revisado ya varias pozas con éxito, en cada una de ellas había encontrado pescado, el hombre, arponeaba grandes y chiquitos pues de esa forma garantizaba que su familia tuviese comida para toda la semana.

Esta actividad que muchos lugareños hacían frecuentemente, era hecha con tan solo un arpón y una máscara submarina, con la cual podían definir mejor debajo del agua cual eran la ubicación del pez con suma facilidad y una vez ubicado este, con el impulso del arpon que sostenían en la mano, en un certero movimiento lograban enganchar al pez y sacarlo del agua.

Así mismo lo hacia Chente desde pequeño, y aunque él no tenía mascara submarina, se había acostumbrado a abrir los ojos debajo del agua para revisar las pozas y ubicar los peces, a los cuales atinaba de manera certera, así lo demostraba el saco que ya en tan poco tiempo había llenado de guara guaras.

Efectivamente en esta última poza Chente, también arponeo varios peces más para completar una cantidad lo suficiente para emprender el regreso donde estaba su mujer y sus otros hijos esperándolos.

Ya en el lugar de encuentro, Rosalba abrazo su marido felicitándolo por su buena pesca, ella escogió los más grandes peces, los echo en la sopa para que se cocinaran y así poder comer con toda la familia. Esa tarde fue de absoluta tranquilidad y felicidad para toda el grupo familiar, tanto como nunca la habían pasado, comieron una sopa rica, los niños se bañaron todo lo que quisieron, Jesús había conseguido un gran cantidad de huevos y Chente había logrado pescar las suficientes guara guaras para darle de comer toda la semana a su familia.

En el regreso a casa los padres habían decidido emprender el mismo como a las 5 de la tarde, y aunque ninguno tenía reloj para confirmar la hora, Chente, que había vivido todo su vida en el campo sabia por la posición del sol que la hora era la indicada para regresar, y sin más, recogieron todas las cosas y se pusieron todos en marcha. Ya en casa los niños más pequeños fueron los que se veían mas cansados por el baño prolongado en el rio como por la caminata, y enseguida Rosalba los mando a dormir.

-Chente es mucho pescado para nosotros y no tenemos donde refrigerar, porque no mandamos a Jesús a que venda un poco con los vecinos y yo mañana compro un arroz! Dijo Rosalba a su marido el cual accedió asentando con la cabeza.

-Jesús, anda a ofrecer guara guaras a los vecinos! Y el muchacho sin opinar así lo hizo.

Jesús era bien conocido en el caserío, desde pequeño conversaba con la gente y todos lo conocían porque había desarrollado una gran labia, también el, conocía mucho a la gente de La Quebrada y en este caso sabía a qué puertas tocar para venderle las frescas guara guaras que su papa había pescado. Al primero que visito fue a don Bartolo y la señora María.

-viejo pesque guara guaras en el rio un montón vas a querer!

-Si mijo claro que sí, y quien las pesco?

-Yo mismo, me metía a ese rio por debajo del agua con un saco y la que me encontraba por el camino la agarre con la mano y la metía en el saco, tú sabes viejo que yo soy rápido!.

-Jajaja muchacho mentiroso que seguro que fue tu Pae que las pesco, tráeme dos kilos!. Se voltio don Bartolo en dirección del cuarto para buscar el dinero para pagar las guara guaras.

-ve viejo tampoco así yo ayude muchísimo a mi papa!. Jesús, Tomo el dinero y corriendo regresaba a casa para pesar la mercancía, para volver donde Bartolo y entregarlas. A lo cual Bartolo estuvo muy agradecido con el muchacho, inmediatamente le dijo a su mujer María,

-Vamos vieja, vamos a montar una sopita que hoy no hemos comido y tengo hambre!.

-Si mi viejo ya te la voy a preparar!. Dijo doña María complacida.

Jesús también recordó que la señora Coromoto le decía siempre que lo veía camino al rio, que le trajera pescado, así que se dirigió a la casa de su vecina,

-Buenas señora Coromoto traje guara guaras del rio, va a querer?

La señora Coromoto acostumbraba a ver un programa de televisión que pasaban todos los domingos, donde presentaban muchas estrellas de la farándula al igual que cantantes de moda. Se levantó Coromoto de su mecedora para atender a la voz conocida que la llamaba,

-Ya voy Jesús, que me traes por ahí.!

-Caramba señora Coromoto esa bata sí que le queda bien! Dijo Jesús galanteando con la señora.

-Más respeto muchacho que yo puedo ser tu mama, para ver las guara guaras?

-Aquí están lindas y bellas como usted! Insistió en piropear Jesús.

-Verdad Jesús están grande que bueno, dame dos kilos o mejor dame tres para guardarle a mi nietecita cuando venga, deja irte a buscar el dinero!

-Aquí están señora Coromoto esa son las que a usted le gustan, seguro mañana amanece prendio el caserío del olor de sus ollas, me guarda un poquito que usted cocina muy rico! Dijo emocionado Jesús, mientras Coromoto le pagaba la mercancía. Ya de camino a su casa Jesús satisfecho contaba el dinero y vio que era suficiente para que mañana su mama comprara el arroz, así como ella había dicho.

CAPITULO IX.

PICAO' E CULEBRA.

Era un domingo temprano en la mañana, la familia de Jesús se había levantado sin planes de salir a ninguna parte solo pasar el día tranquilo en su casa. Rosalba y Deisy se ocupaban del desayuno, mientras Chente se había ido a sentarse en su acostumbrado lugar debajo de la mata de Guanábana, y los muchachos, Jesús, Pancho, y el pequeño Xavier, jugaban a las metras retirado del padre.

No muy lejos del lugar se empezaron a escuchar unos cantos, estos provenían de la Iglesia cristiana Evangélica, cuyo servicio se daba todos los domingos y se comenzaban con un primer canto como una forma de llamar a los hermanos asistentes a esa iglesia.

 Rosalba le gustaba asistir al servicio pero sabía que su marido Chente no era muy dado a que ella estuviera ocupada en otras cosas que no fuera atenderlo a él, mientras Deisy, si la emocionaba asistir al culto pues disfrutaba de cantar y de escuchar los instrumentos musicales, para ella era una fiesta y estaba dispuesta a conseguir el permiso para asistir a dicha reunión, con lo cual hablo con su madre solicitándoselo y Rosalba esquivando la situación, le respondió que eso le tocaba a su papa y debía hablar primero con él .

La niña se apresuró hasta donde estaba su papa, le entrego el desayuno como una manera de suavizarlo, a lo cual le dijo,

-Papi deme permiso para ir a la iglesia yo voy con Xavier, el pastor siempre me está invitándome y a mi mama también!

-Usted no va para ningún lao! Respondió Chente cortando las aspiraciones de Deisy de asistir al servicio dominical.

-Pero papa yo quiero ir! Le dijo insistiendo la niña.

-No me hagas arrecha muchacha, no va pa' ningún lao!. Respondiendo con autoridad el padre a lo cual la niña rompió a llorar. Deisy sabía que el padre le atormentaba los llantos y que si ella mantenía su posición, el hombre se retractaría y la dejaría ir, esta no era la primera vez que ella manipulaba la situación llorando hasta más no poder. Efectivamente el hombre con poca paciencia y obstinado por el llanto constante de la niña estaba a punto de ceder a lo cual le dijo,

-cállate la boca que ya te dije que no vas! Pero ese esfuerzo por mantener la autoridad delante de la niña, no duro mucho ante el avasallante llorisqueo de Deisy.

-Verga, ya está anda vete pa' esa mierda, pero no vas a ir sola te vas con Jesús para que te
cuide!.

-Pero Pa, a mí no me gusta eso!, reclamo Jesús.

-Tú vas y listo y acompaña a su hermana pa' esa mierda, y déjenme tranquilo! Dijo el hombre enfurecido por la presión a la que había sido sometido por su hija.

Tras haber conseguido el permiso para asistir al templo Evangélico, Deisy y Xavier, salieron corriendo hacia él, pues querían estar en los primeros puestos y así estar cerca de los instrumentos musicales, más atrás con lentitud y sin mucho ánimo, los siguio Jesús, algo mal humorado por la imposición de su padre a acompañar a sus hermanos menores. Al llegar los niños efectivamente entraron y se sentaron cerca del pulpito, mientras que Jesús se quedó parado en la puerta de entrada del templo.

En la iglesia se cantaban muchos himnos alegremente acompañado por los músicos que asistían, la mayoría eran canciones que Deisy y Xavier se habían aprendido en ocasiones anteriores. Jesús en la puerta solo observaba.

Al cabo de media hora el muchacho daba muestra de cansancio, sus delgadas piernas que lo sostenían necesitan descanso, para lo cual giro la mirada buscando un asiento para sentarse
, sin embargo ya para el momento todos los asientos estaban ocupados por las personas asistentes, no quedándole más opción que recostarse del marco de la gran puerta del templo. Pasado el tiempo Jesús ya no resistía estar parado y volvió a mirar en busca de un asiento donde sentarse, observo que lo podía hacer en la acera de la calle para lo cual se dirigió hasta allá y plácidamente se sentó.

Una vez sentado estiro sus brazos y extendió sus piernas, pues la flojera lo embargaba a la vez que pensaba que lo que quería hacer era irse a volar cometa más no lo hacía para no tener que enfrentarse con su papa pues sabia lo violento que podría ponerse si lo desobedecía. Paso unos minutos volvió a estirarse y recogió las piernas, no se había percatado que debajo de la acera estaba erosionada por el pasar del agua haciendo una especie de cueva, al recoger sus piernas sintió que algo lo pico en el tobillo, miro rápidamente para ver con gran sorpresa que era una culebra que lo había picado. El muchacho salto evitando que la víbora lo volviera a morder, estaba asustado su corazón empezó a latir rápidamente.

-Me pico una culebra ¡grito desesperado pero los asistentes de la iglesia cantaban tan alto que nadie escucho el grito de auxilio de Jesús, así que con ese gran dolor que empezaba a tener y que le recorría toda la pierna , camino con dificultad hasta su casa para buscar a su padre y contarle lo sucedido.

-Papa, papa ayúdame toy' picao de culebra! Gritaba el muchacho con desesperación buscando el apoyo de su familia y reventado por el dolor que ya le costaba soportar.

En casa Chente y Rosalba escucharon los gritos desesperados de su hijo mayor y fueron a su encuentro.

-Que te paso! Pregunto Chente asustado por la forma como Jesús había llegado a casa.

-Me pico una culebra Pa, y me duele mucho! Respondió llorando Jesús.

Chente sentó a su hijo para revisar la herida y confirmo que la herida había sido por mordedura de serpiente, los dos colmillos de la culebra estaban presente y la piel empezaba a tornarse oscura, evidentemente que el veneno estaba haciendo su función.

-Me duele Pa ay ay ay ¡lloraba desconsolado Jesús.

Jesús empezó a temblar como si el frio no lo aguantara y este lo recorría de abajo a arriba, le estaba costando respirar y para colmo comenzó a vomitar. Rosalba desesperada corrió a la carretera en busca de alguien que ayudara a sacarlos hasta el ambulatorio, por fortuna el señor Víctor venia en su camioneta para el pueblo y Rosalba con desesperación lo paro y le contó lo sucedido, el hombre estaciono el carro pero no lo apago y corrió a la casa junto a la mujer a buscar el muchacho herido, entre ambos hombres cargaron al muchacho y lo acostaron atrás en la pick up y a toda marcha se fueron hasta el ambulatorio.

El doctor ratifico la mordida de la víbora, Jesús aun despierto decía con voz débil,

-No me deje morir doctor! Y el muchacho entro en convulsión, lo cual lleno a Rosalba y a Chente de gran angustia, pues no había pasado un mes de la pérdida de su bebe y ya tenían otro de sus hijos en peligro de muerte.

El doctor trato por todos los medios de estabilizar al muchacho a la vez que ordeno a la enfermera que buscara el chofer de la ambulancia con rapidez, él sabía que había que proceder con prisa ya que no había en el lugar suero antiofídico y que solo en el hospital general estadal se encontraría, así que a toda prisa montaron a Jesús en la ambulancia para trasladarlo. Empezaría Jesús de esta manera la aventura más grande de su vida, la lucha entre la vida y la muerte.

Las luces encendidas y la sirena de la ambulancia, anunciaba otra emergencia traída de otro lugar, la puerta de la emergencia se mantenía congestionada de personas que querían saber sobre el estado de salud de sus familiares y amigos. El chofer paro la ambulancia en la entrada del hospital a la vez que el camillero con ayuda de Chente y Rosalba que viajaban en el vehículo, bajaban la camilla con Jesús en estado crítico. El camillero no perdió tiempo y ordeno a las personas que abrieran el paso para pasar con la emergencia.

-Abran paso por favor que traigo una emergencia! Gritaba el

hombre con autoridad. Entraron a la sala y enseguida un equipo

de médicos pregunto qué le había ocurrido al
muchacho a lo cual su padre respondió,

-Esta pica'o de culebra doctor!.

Rosalba y Chente tardarían en ver nuevamente a su muchacho, pues desde que se lo llevaron nadie le daba razón de él. Por su parte a Jesús lo habían aislado en una sala especial donde lo estaba tratando todo un equipo médico que estaba poniendo su alma, vida y corazón en la recuperación del muchacho. Muchas horas pasaron antes que Jesús diera muestra de vida, había abierto levemente los ojos, observo que estaba en un lugar donde todo era blanco y brillante, y que igualmente habían unos seres vestidos de blanco y que caminaban alrededor de él, no pronunciaban palabras algunas pero sentía que se acercaban a acompañarlo y cuidarlo, pensó – Debo estar en el cielo!

Las horas fueron pasando y Jesús no daba muestras de mejoría, el equipo médico seguía insistiendo en sacarlo de la crisis, consideraban que   su estado era solo estable sin variación. Nuevamente Jesús abrió con dificulta los ojos, fue cuando uno de esos seres vestido de blanco se le acercó para decirle algo que él no logro escuchar, era como si las palabras no tenían sonido, a lo cual el con dificulta dijo,

-No te entiendo, no sé lo que dices! Ese esfuerzo de Jesús fue suficiente para volver a caer inconsciente.

El tiempo trascurría en la sala de observación, diversos aparatos habían sido instalados para monitorear los signos vitales de Jesús, siendo este conectado a todos ellos, en su pecho más de seis almohadillas captaban los movimientos del corazón. Y como si fuera poco los médicos habían decidido entubarlo porque había presentado problemas respiratorios y esperaban aún mayores complicaciones en el cuadro de salud del muchacho.

Dos de los médicos tratantes, estaban presente haciéndole el reconocimiento regular del caso, les preocupaba que al pasar del tiempo y habiéndole suministrado ya dos botellas de suero antiofídico el paciente no diera muestras de mejoría, era por eso que prudentemente la información que le daban a los padres era que su condición era estable y sin variación.

Estuvieron de acuerdo ambos médicos de colocar una botella más de suero antiofídico, seguir controlando con aparatos la respiración y monitoreando los impulsos del corazón de aquel paciente que los tenia conmovió a todo el personal desde el primer día que llego a la emergencia, así que el medico dio las indicaciones a las enfermeras de guardia,

-Enfermera, colóquele otro botella de suero, no me descuiden a este paciente no vamos a permitir que se nos valla esta criatura! Dijo el médico mientras observaba al delgado cuerpo del muchacho desprotegido e inconciente en la cama.

En los pasillos de la emergencia caminaba Chente cabizbajo, se le veía demacrado, lloroso y preocupado por la suerte de su hijo mayor, llevaban dos días desde que llegaron en la ambulancia y Jesús aun no despertaba, lo atormentaba la culpa, lo rígido que siempre había sido con su hijo mayor, recordaba como siempre le pegaba sabiendo que ya era un muchacho grande, y se cuestionó con dolor si esa era la forma de criar a sus hijos o era que Dios lo castigaba por sus brutalidades o su forma de tratar a sus padres.

Atormentado por todos los pensamientos que le llegaban a su mente, el hombre no dejaba de caminar los pasillos, hasta encontrar una capilla dentro del hospital , entro y observo al Cristo Crucificado, pensó, tantas veces que había retado a Dios, desafiándolo e insultándolo
—me estas castigando lo veo claro!. Completamente quebrado por el dolor y la culpa se arrodillo ante el cristo para que en un acto desesperado el supremo lo perdonara por todo lo que había hecho en su vida, y así, el hombre cual niño rompió en llanto.

Rosalba lo observo y no pudo decir palabra alguna, tan solo llorar y arrodillarse junto a su marido para acompañarlo ante el dolor que estaban viviendo los dos.

-Jesús despierta!, le dijo la mujer de blanco y cabellos dorados que lo había asistido desde que entro al hospital , ella había venido en varias ocasiones y esta vez deseaba levantarlo de la cama.

-Ven Jesús despierta ya has dormido mucho! Insistió la mujer.

-Quien eres tu ¡. Pregunto despertando el joven muchacho con asombro de que empezaba a sentirse bien.

-Soy tu mejor amiga, tú me conoces Jesús, siempre estoy contigo, también soy amiga de Dios, que te quiere mucho y quiere que te quedes aquí y seas un hombre de bien, que ayudes a tu familia, que salgas adelante porque eres un ser maravilloso con un don especial en tu imaginación, ese Jesús es tu pasaporte a donde decidas ir o lo que quieras hacer, nunca lo olvides ahí está tu esencia y el puente con lo maravilloso que es la vida, es tu verdad, amala y cultívala. Eres un ser único, valórate y enséñale valor a los tuyos es tu misión. Ahora párate, ya es tiempo de regresar con tu familia ya estás bien, recuerda que siempre estaré contigo cuando me necesites, te bendigo Jesús.

El muchacho sorprendido de lo que le había dicho esa hermosa mujer, observo como se fue alejando   hasta desaparecer. Sintió felicidad por lo que había escuchado, nadie nunca le había dicho que era especial o maravilloso. Pero había sucedido en verdad la conversación con aquella mujer, pensó.

La luz que le pegaba en la cara hizo que el muchacho lentamente abriera los ojos, para ver que varias personas lo rodeaban, todos vestían batas blancas, a los cuales se les dibujo una gran sonrisa al ver al paciente reaccionar.

-Jesús cómo te sientes! Pregunto el jefe de los médicos, un hombre de barba bien arreglada y algunas canas en su cabello.

- Bien pero dónde estoy? pregunto Jesús algo confundido.

-Estas en el Hospital Central Estadal, te pico una culebra, te trajeron y aquí te estamos cuidamos, puedes levarte? Dijo el médico ansioso que el muchacho diera muestra de su total recuperación.

-Claro que si me levanto yo ya soy un hombre!, y el muchacho ante la mirada complaciente de todo el equipo médico se levantó solo, con fuerza y agilidad.

- Pues si sigues así, esta tarde de doy de alta! Le contesto el medico sonriente pues no podía ocultar lo emocionado que se encontraba por que el muchacho había reaccionado positivo a todos los cuidados de esa unidad.

Y así ocurrió, esa misma tarde dieron de alta a Jesús, el cual regreso a su casa con sus padres, para nunca olvidar lo vivido con esa hermosa y brillante señora que lo visito y del cual nunca conto a nadie.